Certifié PEFC
Ce produit est issu de forêts gérées durablement et de sources contrôlées.
PEFC 10-31-1093
pefc-france.org

IMPRIM'VERT
Votre imprimeur agit pour l'environnement

ISBN 978-2-7002-3578-4

L'école d'Agathe

Texte de Pakita
Images de J.-P. Chabot

Valentin et les petites bêtes

RAGEOT • ÉDITEUR

Vous connaissez Valentin ?

Il a la **maxi-trouille** de toutes les petites **bêtes** à six ou huit pattes.

Valentin est arrivé à l'école après les vacances de Pâques. Quand la maîtresse nous l'a présenté, elle a dit :

– Valentin vient de *Paris* et…

– Comme moi ! a hurlé Louise.

En une seconde, ils sont devenus copains.

Valentin est vraiment très joli. Il a des cheveux noirs frisés et des yeux couleur noisette. En plus, il est drôle.

Dès sa première récré avec nous, il a crié :

– Qui connaît l'histoire de Toto aux toilettes ?... Personne ? C'est normal ! Il a fermé la porte à clé !

Et depuis, à toutes les récrés, on s'éclate avec lui ! Valentin organise des **maxi-défis : maxi-défi** de cris d'animaux, **maxi-défi** de courses à cloche-pied avec un doigt sur la tête, **maxi-défi** de faux prouts…

À chaque récré, Valentin a une nouvelle idée. Enfin, jusqu'à ce matin.

Parce que, ce matin, Valentin est arrivé dans la cour avec un nez **enflé** et tout **rouge.** Un **moustique** l'avait piqué.

Pour rire, Tom lui a demandé :

– Valentin, sais-tu qui fait **zzb zzb zzb ?** Un **moustique** qui vole en marche arrière !

On a tous ri sauf… Valentin.

– Je déteste les **moustiques** qui piquent, je déteste TOUS les **insectes** et encore plus les **araignées** !

Oups ! On n'avait jamais vu Valentin en colère. D'habitude, quand il perd un **maxi-défi**, il rigole.

Alors Louise nous a expliqué :

– Valentin n'a pas l'habitude des **insectes** parce qu'à Paris il n'y en a pas autant qu'ici, à la campagne.

– Mais toi Louise, tu les détestes aussi, les **insectes ?** on lui a demandé.

– Moi, a dit Louise, c'est différent parce que mon tonton est **ENTOMOLOGISTE,** il étudie les **insectes** et il me parle d'eux. Du coup, je les connais.

– Eh bien moi, à part les **coccinelles,** je les trouve tous horribles ! a déclaré Valentin. Ce matin, dans la salle de bain, une énorme **araignée** poilue a voulu m'attaquer !

– L'**araignée** n'est pas un **insecte** parce qu'elle a huit pattes. Les **insectes** en ont six, a précisé Chloé qui adore tous les animaux même les **insectes.**

– Allez, on oublie les **insectes** et on joue à loup glacé ! a proposé Léa.

– D'accord ! on a crié.

Et même Valentin a crié avec nous.

C’était moi le loup alors j’ai couru derrière lui pour l’attraper. Mais tout à coup, il s’est mis à bondir dans tous les sens comme un singe fou, en hurlant :

– Une **guêpe** ! Une **guêpe** ! Au secours !

– Ce n’est pas une **guêpe**, c’est une **abeille**, je lui ai dit. Si tu restes calme, elle n’aura pas peur et elle ne te piquera pas.

Ouf pour Valentin, la sonnerie a retenti. En classe, on a sorti nos affaires puis la maîtresse nous a annoncé en souriant :

– Aujourd'hui, j'ai une jolie surprise pour vous. Cet après-midi, nous allons rendre visite à Bruno, l'**apiculteur.**

– Qu'est-ce que c'est un **apiculteur ?** a demandé Valentin.

– C'est quelqu'un qui élève des **abeilles** dans des **ruches** et récolte leur **miel,** a répondu la maîtresse. C'est un métier passionnant ! Bruno va nous l'expliquer. Après la visite, nous goûterons chez lui.

On a crié :

– **Hourra !**
Génial !

Maxime qui adore manger a ajouté :

– Hum ! Miam ! Je vais dévorer au moins mille tartines au **miel** !

J'ai regardé Valentin. Il faisait plein de grimaces d'**HORREUR** mais ce n'était pas pour nous faire rire.

Quand la récré a sonné, Léa s'est précipitée sur Valentin.

– Alors… c'est **maxi-défi** de quoi aujourd'hui ?

– De rien, a répondu Valentin super énervé.

Puis il s'est tourné vers Louise.

– Cet après-midi, je vais me cacher pour ne pas aller chez Bruno.

Je ne sais pas ce qui m'a pris mais j'ai répondu :

– Non, Valentin, tu ne te cacheras pas parce qu'aujourd'hui, je te lance un **maxi-défi :** tu dois vaincre ta **maxi-trouille** des **insectes.**

Et Théo a ajouté :

– On est tous avec toi.

– Mais maman aussi a peur, a dit Valentin. Quand on pique-nique, elle crie en agitant les bras pour chasser les mouches et les guêpes !

– Il faut que tu sois plus courageux qu'elle ! a déclaré Audrey. Ce n'est pas parce que les parents ont peur que les enfants doivent avoir peur !

Tom a crié :

– Maintenant, on va jouer aux ento... ento...

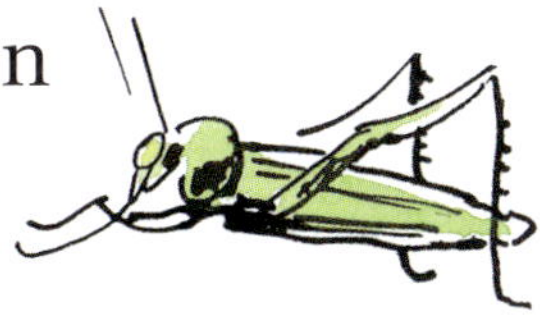

– **ENTOMOLOGISTES !** a crié Louise.

On a couru jusqu'au gros buisson où il y a des **abeilles,** des **araignées,** des fourmis, plein de **bêtes** à six ou huit pattes...

– On va leur parler, a dit Tom. Hé, les **insectes !** Je vous interdis de faire peur à mon copain !

– Oui parce que vous n'êtes rien que des mini mini bêtes ! a continué Valentin.

– Espèce de minuscules, vous ne savez même pas jouer aux maxi-défis ! j'ai ajouté.

On leur a dit plein de bêtises ! La rigolade !

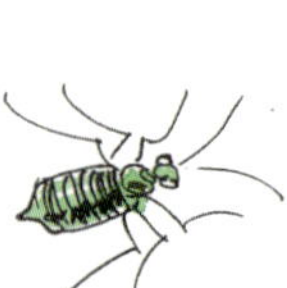

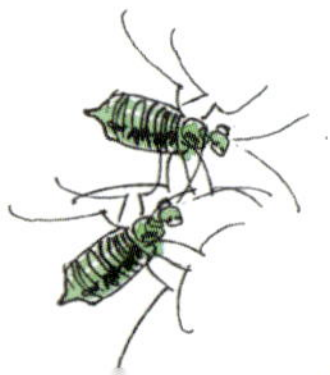

L'après-midi est enfin arrivé. Bruno nous a accueillis dans sa **miellerie** et nous a montré un film où la reine des **abeilles** pondait des œufs dans les alvéoles de **cire.** On a même vu naître les petites **abeilles** et les faux **bourdons.**

Valentin a regardé le film en se cachant seulement un œil avec une main.

Puis Bruno a expliqué :

– Maintenant, nous allons découvrir les **ruches** par groupes de cinq. Vous allez mettre un habit de protection comme le mien et je vais vous montrer comment j'enfume les **abeilles** pour les endormir et récolter le **miel** en grattant les alvéoles de **cire.**

Devant les **ruches,** Bruno a dit :

– Les **abeilles** sont très importantes. En butinant, elles transportent le **pollen** d'arbre en arbre pour qu'ils fassent des fruits. S'il n'y a pas d'**abeilles,** il n'y a plus de fruits.

– Agathe, Louise, promis. Je vais essayer de les aimer... nous a chuchoté Valentin.

C'était génial !

Bruno nous a expliqué qu'il y avait des **insectes** très utiles pour le jardin. Et il nous a proposé un jeu :

– Parmi les **abeilles,** il y a la reine. Je lui ai peint un point **rouge** sur le dos pour la reconnaître. Cherchez-la.

Devinez qui l'a trouvée ? Valentin, bien sûr !

Et voilà ! Je n'ai pas dîné parce que j'ai mangé trop de pain d'épices chez Bruno. Merci les **abeilles,** on s'est régalés !

Valentin a réussi mon **maxi-Défi** et demain, il organise un **maxi-Défi** de recherche d'**insectes** inconnus ! Super non ? Alors bonne nuit les amis ! Bonne nuit, les **insectes !**

L'auteur

Pakita aime tous les enfants ! Les petits, les gros, les grands, avec des yeux bleus, verts ou jaunes, avec la peau noire, rouge, orange, qui marchent ou qui roulent, et même ceux qui bêtisent !
Pour eux, elle se transforme en fée rousse à lunettes, elle joue, elle chante, elle écrit des histoires et des chansons pour les CD, les livres ou pour le dessin animé.

L'illustrateur

Jean-Philippe Chabot est né à Chartres en 1966. Avant d'entrer à l'école il dessinait déjà. À l'école, il dessinait encore. Puis il a choisi de faire des études de... dessin. Et maintenant, son travail c'est illustrer des albums et des romans.
Il est très heureux de dessiner tous les jours et parfois même la nuit mais toujours en musique.

L'école d'Agathe

70 titres parus

Découvre la mini série

Les mercredis d'Agathe

L'école d'Agathe

Toute la série
L'école d'Agathe
sur www.rageot.fr

RAGEOT s'engage pour l'environnement en réduisant l'empreinte carbone de ses livres. Celle de cet exemplaire est de :
204 g éq. CO_2
Rendez-vous sur www.rageot-durable.fr

PAPIER À BASE DE FIBRES CERTIFIÉES

Achevé d'imprimer en France en janvier 2013
par I.M.E. – 25110 Baume-les-Dames
Dépôt légal : février 2013
N° d'édition : 5777 - 01